AF894162

ABRACADABRA

COLE DE MAGIA

PARA APRENDER A LEER

Bruño

LOS PERSONAJES

LA **BRUJA BURBUJA**
ES MUY MAJA,
PERO UN POCO…
¡GRANUJA!

AL **DUENDE GODOFREDO**
SE LE ESCAPAN
MUCHOS PEDOS.
(¡DEMASIADOS!).

EL **HADA MORADA**
ANDA SIEMPRE
ACATARRADA
Y ES UN POQUILLO
DESPISTADA...

EL **DRAGÓN SIMÓN**
ES MUY BONACHÓN...
¡Y MUY TORPÓN!

EL **MAGO TIAGO**
ES EXPERTO
EN HECHIZOS,
PERO BASTANTE
VAGO.

¡LA **SEÑORITA RITA**
TIENE UNA PACIENCIA
INFINITA!

EL COLE

¡ES UN LUGAR INCREÍBLE,
EN ÉL TODO ES POSIBLE!
LA SEÑORITA RITA ENSEÑA MAGIA AVANZADA,
¡PERO A SUS ALUMNOS NO LES SALE NADA!

TRAVESURAS Y AVENTURAS DISPARATADAS,
¡EN EL COLE DE MAGIA
LA RISA ESTÁ ASEGURADA!

Dirección editorial: Begoña Lozano
Edición: Bárbara Fernández
Preimpresión: Pablo Pozuelo
Diseño: Álex Alonso

Valentín Beato, 21
28037 Madrid

ISBN: 978-84-696-4201-6
Depósito legal: M-2843-2024

Printed in Spain

www.brunolibros.es

PAPEL DE FIBRA
CERTIFICADA

ABRACADABRA
COLE DE MAGIA
PARA APRENDER A LEER

¡NO MÁS PEDOS, GODOFREDO!

BÁRBARA FERNÁNDEZ

Ilustraciones: O'KIF

Bruño

EN EL COLE DE MAGIA
ESTÁN MUY CONTENTOS…

¡YA PUEDEN CONTAR CUENTOS!

AHORA QUE SABÉIS LEER,
¿QUÉ LIBRO VAIS A QUERER?

¡EL DE ZACARÍAS Y LAS JUDÍAS!

EN UN PAÍS REMOTO VIVÍA JACK, QUE SOÑABA CON SER PILOTO.

POR ESO, QUERÍA VENDER SU VACA Y COMPRAR UNA MOTO.

UN DÍA, EL MERCADER ZACARÍAS LE CAMBIÓ LA VACA POR CINCO…
¡JUDÍAS!
JACK y las Judías Mágicas

¡BURBUJA, QUE LA LÍAS!

SI DICES LA PALABRA SEGUIDA TRES VECES, ¡EN EL CUENTO APARECES!
¿QUÉ PALABRA? ¿JUDÍAS?

JUDÍAS
JUDÍAS
JUDÍAS
¡MAAADRE MÍA…!

UN MOMENTO... ¡ESTAMOS EN EL CUENTO!
¡LA QUE HABÉIS LIADO, CHIFLADOS! QUE NO ME HA DADO MONEDAS ZACARÍAS, SINO...

JUDÍAS

GODOFREDO COGE
LAS JUDÍAS EN UNA MANO
Y SE ZAMPA TRES
MUY UFANO.

TIAGO LANZA DOS
CON LOS DEDOS.

JACK LLORA DESESPERADO.

LAS LÁGRIMAS SALEN
DE SUS OJOS Y PONEN
EL SUELO A REMOJO.

CUANDO LAS JUDÍAS
EMPIEZA A REGAR,
UN BROTECILLO
COMIENZA A ASOMAR...

UNA ENORME PLANTA
HASTA EL CIELO SUBE,
¡MÁS ALLÁ
DE LAS NUBES!

DE LA IMPRESIÓN, GODOFREDO SE TIRA UN PEDO CON TANTA PRESIÓN...

... ¡QUE SALE
DISPARADO
A PROPULSIÓN!

¡DEPRISA, VENID!
¡NO SABÉIS LO QUE HAY AQUÍ!

TODOS TREPAN
POR LA PLANTA
Y SUBEN...
¡MÁS ALLÁ
DE LAS NUBES!

¡UN CASTILLO IMPRESIONANTE!

¡OJO! ¡DENTRO DUERME UN GIGANTE!

DE PUNTILLAS PASAN
POR DELANTE PARA
NO DESPERTAR AL GIGANTE.

PERO DE REPENTE...
¡GODOFREDO SE TIRA UN PEDO PESTILENTE!

CON EL TRUENO ALUCINANTE,
EL GIGANTE SE DESPIERTA
AL INSTANTE.

TARARÓ-TARARÚ, ¡HAS SIDO TÚ!
¡DE ESO NADA, MONADA!

TARARÁ-TARARÉ...
¡¡¡OS COMERÉ!!!
¡TARARÍ QUE TE VIII!

SI DICES LA PALABRA
TRES VECES, DEL CUENTO...
¡DESAPARECES!
JUDÍAS
JUDÍAS
JUDÍAS

JACK ESCRIBIÓ LA HISTORIA
DEL GIGANTE CON MAL HUMOR,
Y EN LUGAR DE PILOTO...
¡SE HIZO ESCRITOR!

Y COLORÍN COLORADO…
¡ESTE CUENTO
SE HA ACABADO!

ABRACADABRA

¡APRENDO PALABRAS!

LEER

JUDÍAS

PAÍS

SOÑAR

PILOTO

VACA

MOTO

CINCO

TRES

CUENTO

MONEDAS

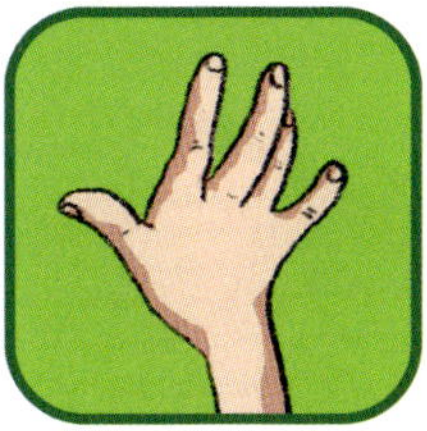

MANO

LANZAR

LLORAR

OJOS

REGAR

PLANTA

NUBES

CASTILLO

GIGANTE

DESPERTAR

ABRACADABRA

ORIENTACIONES PARA APRENDER A LEER

¡A jugar! Sí, sí, habéis leído bien: JUGAR. Y es que leer puede ser tanto o más divertido que cualquier juego. Así deben entenderlo los niños, por eso en este aspecto tenéis, papás y mamás, un papel fundamental. Pensad que si vuestros hijos asocian la lectura con el disfrute, ¡querrán leer una y otra vez!

Animaos a leer con ellos, representad las historias y dramatizad los diálogos. Hablad de los personajes, adivinad qué ocurrirá a continuación, deteneos a observar y comentar las ilustraciones. Haced de este momento algo especial, ¡porque el gusto por la lectura empieza en casa!

Asociar una palabra a una imagen ayuda mucho a la hora de aprender a leer. Por eso al final de este libro hemos incluido un diccionario visual que os resultará muy útil para repasar las palabras que se han ido destacando a lo largo de la historia. También podéis hacer vuestros propios dibujos y construir frases sencillas intercalándolos con palabras.

Para que los niños asimilen el movimiento visual, de izquierda a derecha, podéis poner en práctica el siguiente juego: pintad con ellos de color rojo la primera letra de la palabra, y la última, de verde. Al igual que un semáforo, estos colores nos indican hacia dónde se puede avanzar. ¿Hacia la izquierda? ¡No!, porque está el rojo, que nos detiene. ¿Hacia la derecha? ¡Sí! El verde nos da permiso para leer en esta dirección.

¡Aprovechad la musicalidad del texto rimado! Destacar bien la entonación y marcar las pausas ayudará al niño a seguir la lectura… ¡y a no perder la concentración!

Jugad a imitar el sonido de las letras para que los niños aprendan a diferenciar cómo se nombran y cómo suenan. Por ejemplo, la letra S se llama *ese* y suena «sssss».

ABRACADABRA
COLE DE MAGIA
PARA APRENDER A LEER

www.brunolibros.es

¡Escucha la canción
Abracadabra, Cole de Magia
en YouTube y Spotify!